중학교 국어 교과서 수록 시 작품선

국어 교과서 여행

*일러두기

　본문의 시는 출처에 있는 원작을 기준으로 합니다.

중학교 국어 교과서 수록 시 작품선

국어
교과서
여행

신보경 엮음

중1
시

스푼북

들어가는 말

"시라……. 시라니?"

"아니, 왜요? 왜죠?"

"시를 꼭 읽어야 해요? 재미없어요."

여기저기 소리치며 다가오는 여러분들의 소리와 표정이 눈에 선하게 아른거리네요.

여러분들 대부분은 시를 교과서를 통해 처음 만나게 되죠. 그런데 초등학교 때는 그래도 시가 좀 재미있나 싶었는데, 중학교 1학년이 되어 보니 뭔가 아닌 듯 느껴질 거예요. 국어 시간에 선생님들이 이것 저것 적으라는 것도 많고 비유니, 심상이니, 표현법이니 들어도 모르겠는 말들만 가득하고 말이지요. 그래서 우리(나를 포함하여)에게 시는 뭔가 멀고, 아득하고, 어려운 존재처럼 느껴져요. 그러다 보니 시가 여러분들에게서 자꾸 멀어지고…….

그럼에도 이 책은 여러분들에게 "우리 시를 같이 읽어 보고, 살펴보자!"라고 말하는 책이에요. 어처구니없지요?

내가 여러분만 했을 때, 나만의 공책이 있었어요. 두어 권 있었는데, 용도가 조금씩 달랐어요. 하나에는 모든 것을 스크랩했어요. 내 마음에 드는 사진과 그림, 각종 글들을 잘라서 붙이곤 했지요. 다른 하나에는 시를 옮겨 적었어요. 손으로 꼼꼼하게, 마음을 다해서요. 그 때는 소설이나 시나 외국 글들이 넘쳐 나던 때라 기억에 외국 시들이 더 많았던 것 같아요. 아, 아쉽게도 그 공책들은 어디로 갔는지 지금은 찾을 수가 없네요. 참으로 안타까운 일입니다. 분명히 의미 있었던 내 영혼의 흔적이 담겨 있는 유물인데 말이죠. 나중에 보니 매우 유치하기 짝이 없어 보였나 봅니다. 나는 이 책이 유치하기 짝이 없어 보이는 여러분들의 생각으로 가득한 보물로 남겨지길 바랍니다.

그래서 시집의 구성도 '움트다, 자라다, 맺다, 기대하다, 다시 시작하다'로 이루어져 있어요. 다양한 출판사의 중학교 1학년 교과서에 나오는 시들과 더 읽으면 좋을 것 같은 시 몇 편을 보태서 만들었습니다. 이 책을 읽으며 각자 나름의 방식으로 시를 경험하고 '나'의 생각을 바라보면 좋을 것 같아요. 국어 시간에 배우는 무슨 법이니, 운율이니 이런 말들은 내다 버리고 시작하세요. 뭐 우리가 그런 걸 외우고 시인의 마음을 다 이해해야 하는 것은 아니잖아요. 내 마음을 알기도 힘든데 말이에요. 또, 시를 읽다 보면 가끔씩, 아니 자주, 잘 모르겠는 말이 너무 많을 수도 있어요. 그래도 개의치 맙시다. 그냥 아무렇게나 여러분들의 느낌에 집중해 보세요. 먼저 핵심 키워드를 보고 생각하고, 나중에 시 이해하기 부분의 설명을 읽거나 단어를 찾아보면 되지요. 나도 정확하게 모를 때가 많아요. 그저 느낄 뿐이지요.

우리는 각자의 방식으로 세상을 바라보지요, 나 중심으로. 그런데 시인은 감각이 예민해요. 우리가 놓치고 있는 감정과 느낌을 아주 세밀하게 관찰하지요. 분명 우리도 본 것인데, 알고 있는 것인데, 시인은 다른 눈으로 바라봐 줍니다. 세상에 대한 감각과 판단을 다른 방식으로 하죠. 나태주의 〈시〉라는 시에는, 시란 길거리나 사람들 사이에

버려진 채 빛나는 마음의 보석들을 주운 것이라 표현합니다. 그러니 나나 여러분들이 시를 읽으면 우리가 보지 못하고 지나쳤던 무수한 보석들을 줍게 되는 것이겠지요?

중학생이 된다는 것은 초등학생과는 다른, 뭔가 말할 수 없지만 새로운 세상으로 들어왔다는 것을 의미하지요. 시도 아마 그런 게 아닐까 합니다. 뭔가 정확히 이거라 말할 순 없지만, 다른 세상으로 우리를 끌어 들이는 것! 새로운 세상으로 들어왔다는 것은 새로운 감정을 느낀다는 거죠. 중학생이 되어 새로운 감정과 기분들이 여러분 마음에서 소용돌이치지 않는다면 시가 필요 없고, 세상과 타인에 대한 내 마음의 크기를 키울 필요도 없겠지요? 그러나 어디 그런가요? 하루에도 수없이 마음이 요동치지 않나요?

시는 요동치는 마음을 열고 나와 마음의 바깥에서 여러분의 마음속을 가만히 들여다볼 기회를 줄지도 모릅니다. 시를 해석하지 못할 수도 있어요. 어쩌면 이 '해석 불가'에서 나오는 오묘한 감정과 느낌이 시의 맛인지도 모릅니다. 시와 함께 다양하고 예민한 경험 속으로 빠져 봅시다. 이 과정을 통해 여러분 마음의 깊이도 다양하고 예민한 감성으로 충전돼서 스스로를 사랑하는 힘으로 쓰는 것은 물론이고, 다른 이에게도 좋은 에너지를 나눠 주는 사람으로 자라 봅시다.

밤늦은 시간에 시 하나를 고요히 읽고, 미음을 흔드는 펜들괴 색들로 여러분들의 생각을 꺼내 보고, 덧칠하는 조용한 시간을 마련하면 참 좋지 않을까 합니다. 시인의 마음처럼 예민한 촉수를 뻗치고, 천천히 그리고 곰곰이 되풀이해서 읽어 보세요. 그 가운데 시를 제대로 볼 줄 아는 능력이 생긴답니다. 후딱 읽어 치우고 "시가 왜 이래.""뭐 이런 시가 다 있어." 하지 말고 시에 담긴 마음을 찬찬히 관찰하고 보아야 이해가 됩니다.

그러다 보면 "왜 그래!" "뭐야!"라는 볼멘소리보다 "오! 괜찮은데!"라는 긍정적인 마음을 갖게 될 것입니다. 그건 여러분 자신에게도 마찬가지지요. 우리 모두 '작고 하찮은 존재'들이라는 것을 알아채고, 나를 돌아보며 스스로를 격려하고 칭찬해 주고 싶은 마음이 들지 않을까요?

시를 읽으며 마음의 크기도 키우길 바라고요. 시집에 나온 시들을 하루 이틀 만에 후다닥 해치우려 하지 말고 한 번에 하나씩 들여다보며 여러분 마음 또한 잘 살펴보세요.

시가 예술이라면, 시를 읽는 마음도 예술입니다. 우리는 모두 예술하는 사람이 되는 것이지요. 어때요? 멋지지 않나요? 여러분들도 모르는 사이에 멋진 사람이 되어 있을지도 모릅니다. 혼자 하기 어려울 것 같다고요? 그렇다면 친구와 함께 생각을 공유하고 나누면 더 좋지요.

중학생이라는 세계로 진입한 여러분 축하합니다. 여기 여러분에게 선물 보따리 하나를 던지고 갑니다. 한 번에 하나씩, 끝까지 시 선물을 풀어 보세요.

2018년 10월
내가 사랑하는 도봉의
따사로운 가을 햇살과 함께

신보경

차례

1장

움트다

봄볕
강동주

어질고 착한 사람 되거라
엉뎅이 또다려 주시던 할머니
아무래도 봄볕이 그런 것 같애
풀잎도 개나리도 엉덩이를 내민다

시 이해하기

햇빛과 햇볕이 어떻게 다른지 구별해 봅시다. 눈부신 햇빛, 뜨거운 햇볕.

시인은 봄빛이 아닌 봄볕에 대해 말하고 있네요. 풀잎과 개나리가 봄볕에 엉덩이를 들이대는 이유가 있죠. 시를 읽으며 우리도 할머니를 생각하며 또다려 달라고 엉뎅이를 봄볕에 내밀어 봅시다. 그러니까 햇볕은 할머니 같은 마음이나 느낌 같은 거군요.

햇볕과 관련된 우리말

돋을볕: 아침에 해가 솟아오를 때의 햇볕을 뜻하는 우리말. 동쪽 하늘에 새로 돋아나는 해의 따뜻한 볕

여우볕: 비나 눈이 오는 날 잠깐 났다가 숨어 버리는 볕. 여우는 영리하고 민첩해서 금방 눈앞에 나타났다가 이내 사라져 버리지요. 이런 여우의 성격을 빗대어 만든 말이에요.

볕뉘: 작은 틈을 통해 잠시 비치는 햇볕. 그늘진 곳에 미치는 작은 햇볕의 기운

봄은 고양이로다

이장희

꽃가루와 같이 부드러운 고양이의 털에
고운 봄의 향기가 어리우도다.

금방울과 같이 호동그란 고양이의 눈에
미친 봄의 불길이 흐르도다.

고요히 다물은 고양이의 입술에
포근한 봄의 졸음이 떠돌아라.

날카롭게 쭉 뻗은 고양이의 수염에
푸른 봄의 생기가 뛰놀아라.

시 이해하기

짧은 생을 살다 간 이장희(1900~1929) 시인은 30여 편의 시를 남겼어요. 이 시는 1924년 5월 《금성》 3호에 발표되었습니다. 오늘날 이장희 시인을 봄을 대표하는 시인으로 손꼽히게 한 〈봄은 고양이로다〉는 따사로운 봄날을 고양이의 형상을 통해 섬세하게 그려 냄으로써 당시 시단을 놀랍게 하였다고 해요.

1920년대 조선의 25세 청년 시인이 바라본 봄의 모습이 현대를 살아가는 여러분들의 눈에 어떻게 비치는지, 시인의 시어를 통해 생생하게 느껴 봅시다. 시인은 봄의 아름다움을 고양이와 어떻게 연결시키고 있는지, 감각을 펼치고 여러분의 예리한 눈으로 찾아보죠!

단어

호동그란: 매우 동그란. 또렷하게 동그란

유년의 날

허영자

또랑가에 버들강생이
몽오리 부풀더이
참꽃 개꽃 뒤를 이어
복사꽃도 필락칸다

힝이야
보리는 고개를 숙일 듯 말 듯이
거섶죽도 다 못 채운
허기진 진진 봄날

북망산천 북망산천
꽃생이 나갈 때마다
정지문 붙잡고 서서
설비 울던 형이야

저 건너 동네에선
꽹매기 치는 소리
사람들은 흰옷 입고
햇체가는 갑는데

공굴 다리 아래
거적대기 움막 속엔
눈물 번들번들
문딩이가 울고 있다.

시 이해하기

허영자(1938~) 시인은 경상도 사람이라서 시에 사투리가 많이 사용되었네요. 시인이 기억하는 유년 시절은 참으로 오래전이지만, 여러분의 유년 시절과 비교해 보면 시인의 마음을 더 잘 느낄 수도 있지 않을까요? 시인은 아마도 여러분들의 할머니 세대와 비슷할 듯합니다. 나의 할머니를 알아 가는 심정으로 시에 접속해 봅시다. 모르는 단어가 너무 많아서 무슨 말인지 잘 모르겠지요? 그래도 대충 느낌은 오지 않나요? 단어들이 좀 어려워 보이지만, 시선을 모아 보면 시인의 마음이 보일 겁니다.

단어

또랑: 도랑. 매우 좁고 작은 개울

몽오리: 작고 동글동글하게 뭉쳐진 것

참꽃: 먹는 꽃이라는 뜻으로, '진달래'를 개꽃에 상대하여 이르는 말

개꽃: 먹지 못하는 꽃이라는 뜻으로, '철쭉'을 참꽃에 상대하여 이르는 말

힝: 형의 방언

거섶: 비빔밥에 섞는 나물

꽃생이: 꽃상여의 방언

정지: 부엌의 방언

북망산천: 북망산. 무덤이 많은 곳이나 사람이 죽어서 묻히는 곳을 이르는 말로, 중국의 베이망산에 무덤이 많았다는 데에서 유래한다.

꽹매기: '꽹과리'의 북한어

횟체: 잔치

공굴 다리: 콘크리트 다리

문딩이: 문둥이. 나병 환자를 낮잡아 부르는 말

포근한 봄

오규원

눈이 내린다
봄이라서
봄빛처럼 포근한 눈

담장 위에 쌓이는 봄눈
나무 위에 쌓이는 봄눈
마당 위에 쌓이는 봄눈

그리고
마루에서 졸다가 깬
눈을 하고 앉은
새끼 고양이의 눈 속에도
내리는 봄눈

감았다 떴다 하는
새끼 고양이의 눈처럼
보드라운

봄

봄 하늘

봄 하늘의 봄눈

시 이해하기

담장 위에 쌓이는 봄눈
나무 위에 쌓이는 봄눈
마당 위에 쌓이는 봄눈

어때요? 느낌이 팍팍 오지 않나요? 그렇다고 말해 줘요! 겨울의 눈이 아니고 봄눈이잖아요. 시인의 시선을 따라가면 우리도 봄눈 내리는 날을 느껴 볼 수 있어요. 시인도 봄과 고양이를 연결시켰네요. 봄과 고양이! 뭔가 통하는 게 있는 모양입니다.

봄
서동균

쉿!
봐 봐, 움직이잖아
꿈틀꿈틀
개똥쑥 같은 그늘에서
초록 햇살을 품고 가는 애벌레야

시 이해하기

디카시(DICA시)는 자연이나 사물에서 포착한 순간의 시적 형상을 디지털카메라나 휴대 전화 카메라로 찍어 5행 이내의 문자로 재현하는 멀티 언어(언어+문자) 예술을 말합니다. 사진을 보고 시를 적는 게 아니라 감흥이 일어나는 순간을 사진으로 포착하여 짧고 간단하게 시와 함께 표현하는 거죠.

옆의 사진과 시인의 〈봄〉이 잘 연결된다고 느껴지나요?

우리도 서동균 시인처럼 시적 감흥을 일으키는 순간을 포착하여 리듬 있는 언어로 표현해 보는 건 어떨까요? 여러분과 늘 함께하는 휴대 전화의 카메라를 활용하여 여러분들도 디카시처럼 감정을 포착해 봅시다. 찰칵!

나무들의 목욕

정현정

나무들이
샤워하고 있다

저것 봐
저것 봐

진달래는 분홍 거품이
조팝나무는 하얀 거품이
영산홍은 빨강 거품이
보글보글 일고 있잖아

깨끗이 씻은 자리
씨앗 마중하려고
부지런히 목욕 중이야

온 산이 공중목욕탕처럼
색색의 거품으로 부글거리고 있어.

시 이해하기

'봄'을 감각적으로 드러낸 시인의 표현에 집중해 보도록 하죠. 뭔가 봄이 새로운 느낌으로 다가오지 않나요? 시인이 표현한 나무들의 모습은 어떤가요? 참 신선하죠?

똑같은 사물을 다르게 볼 수 있는 능력! 이게 시인의 마음인가 봅니다. 우리도 시인의 마음을 훔쳐보면서 봄을 느끼는 마음으로 '보글보글' 샤워 한 번 해 보자고요.

묏버들 가려 꺾어

홍랑

묏버들 가려 꺾어 보내노라 임의 손에

자시는 창밖에 심어 두고 보소서

밤비에 새잎 나거든 날인가도 여기소서

시 이해하기

홍랑(?~?)은 조선 선조 때 홍원(洪原, 함경남도에 있는 읍)의 기생이에요. 홍랑은 시를 잘 지어서 삼당시인으로 이름이 높았던 최경창(1539~1583)이 북해평사(北海評事)로 경성(鏡城)에 머무를 때에 가까이 사귀었으며, 시조에 뛰어났다고 해요. 최경창은 나중에 홍랑의 이 시조를 한문으로 번역하고 〈번방곡(飜方曲)〉이라는 이름을 붙였는데, 내용은 아래와 같아요.

折楊柳寄千里人(버들가지 꺾어서 천 리 먼 곳 임에게 보내니)
爲我試向庭前種(나를 위해 시험 삼아 뜰 앞에 심어 두고 보세요)
須知一夜生新葉(행여 하룻밤 지나 새잎 돋아나면 아세요)
憔悴愁眉是妾身(초췌하고 수심 어린 눈썹은 첩의 몸인 줄을)

이 시에는 '나'와 '임'이 등장하네요. 아마도 이 시는 임에 대한 내 마음에 관한 시인가 봅니다. 여러분들은 시인 홍랑의 마음을 알아챘나요? 홍랑의 마음이 무엇인지, 어떤 사물을 통해 드러냈는지 이 시를 통해서 알 수 있어요.

단어

묏버들: 산버드나무. 버드나무는 옛사람들이 이별할 때 그 가지를 꺾어 떠나가는 임에게 주던 습속이 있어서 이별을 상징하기도 했다.

제주 줌녀

김광렬

바당 혼가운디 피어나는 꽃,
저 꽃이 아름답다

빼마디
바농으로 쑤시듯 아파도
해삼 전복 캐래 간다

오늘도 거친 물속
태왁에 몸 기대고
호오이 호오이 토해 내는 힘겹고도 애잔한 숨비소리

우리 어멍도 줌녀였다
줌녀 아닌 여청네 갯끄티서 살기 어려웠다
지금은 늑신네 줌녀들만 가마우지처럼 옹기종기 모여 물질햄주만,
제주 줌녀들이 우리를 키워 냈다
눈물 숭숭 박힌 혼숨이 고통이 뚝심이
우렁우렁 제주 섬을 키워 냈다

국어 교과서 여행 중1 시

바당 혼가운디 서슴서슴 피어나는 꽃,

검질긴 그 삶이

면도날 스미듯 가슴 아리다

시 이해하기

최근 유네스코 인류 무형 문화유산에도 등재되었을 만큼 제주를 대표하는 문화이자, 자랑인 제주 잠녀(해녀는 일본에서 온 말). 한때 제주 경제를 책임지던 이 여인들의 강인함은 이제 제주의 상징입니다. 제주에는 "여자로 나느니 쇠로 나주(여자로 태어나느니 소로 태어나지)."라는 말이 있답니다.

제주 사람들의 삶과 문화, 역사가 담긴 '숨비소리'는 잠녀들이 물질할 때 깊은 바닷속에서 해산물을 캐다가 숨이 턱까지 차오르면 물 밖으로 나오면서 내뿜는 휘파람 소리입니다.

제주 잠녀를 소재로 한 문학에는 현기영의 소설 《바람 타는 섬》도 있어요. 일제 시대 잠녀의 항일 운동을 다룬 소설이니, 읽어 봐도 좋겠지요.

단어

바당: 바다의 제주 방언

뻬: 뼈의 제주 방언

바농: 바늘의 제주 방언

테왁: 바다에서 작업할 때 쓰는 부유 도구로, 밑에 달린 그물망에 채취한 해산물을 담는다.

검질기다: 성질이나 행동이 몹시 끈덕지고 질기다.

새로운 길

윤동주

내를 건너서 숲으로
고개를 넘어서 마을로

어제도 가고 오늘도 갈
나의 길 새로운 길

민들레가 피고 까치가 날고
아가씨가 지나고 바람이 일고

나의 길은 언제나 새로운 길
오늘도…… 내일도……

내를 건너서 숲으로
고개를 넘어서 마을로

시 이해하기

매일매일 오가는 길이지만 이 길은 새날이 오고 가는 길이기에 새로운 길이기도 합니다. 특히 이 길은 생명의 길이기도 해서 봄에 피는 민들레와 까치와 아가씨와 바람이 통과하는 길이고, 무엇보다 마을로 통하는 길이죠.

〈새로운 길〉은 1938년 윤동주(1917~1945) 시인이 연희전문학교에 입학하여 쓴 시예요. 의대 진학을 강하게 원하는 아버지를 어렵게 설득한 뒤 연희전문학교 문과에 입학하여 새로운 삶에 대한 희망과 의욕을 품고 있었을 당시 시인이 적은 글입니다.

중학생이라는 새로운 길을 지나고 있는 여러분들이 맨 처음 지녔던 의지나 생각을 새삼 다시 떠올려 보며 시를 대하면 또 다른 의미로 읽히지 않을까요?

다음은 신영복 시인의 〈처음처럼〉입니다. 윤동주 시인의 〈새로운 길〉과 어떻게 연결되는지 생각해 봅시다.

처음처럼

신영복

처음으로 하늘을 만나는 어린 새처럼,
처음으로 땅을 밟는 새싹처럼,
우리는 하루가 저무는 저녁에도 마치
아침처럼,
새봄처럼,
처음처럼
언제나 새날을 시작하고 있습니다.
산다는 것은 수많은 처음을 만들어 가는
끊임없는 시작입니다.

제비꽃에 대하여

안도현

제비꽃을 알아도 봄은 오고
제비꽃을 몰라도 봄은 간다

제비꽃에 대해 알기 위해서
따로 책을 뒤적여 공부할 필요는 없지

연인과 들길을 걸을 때 잊지 않는다면
발견할 수 있을 거야

그래, 허리를 낮출 줄 아는 사람에게만
보이는 거야 자줏빛이지

자줏빛을 톡 한번 건드려봐
흔들리지? 그건 관심이 있다는 뜻이야

사랑이란 그런 거야
사랑이란 그런 거야

봄은,
제비꽃을 모르는 사람을 기억하지 않지만

제비꽃을 아는 사람 앞으로는
그냥 가는 법이 없단다

그 사람 앞에는
제비꽃 한포기를 피워두고 가거든

참 이상하지?
해마다 잊지 않고 피워두고 가거든

시 이해하기

꽃의 모양이 하늘을 나는 제비처럼 생겨서, 또는 강남 갔던 제비들이 돌아올 무렵에 핀다고 하여 '제비꽃'이라는 이름이 붙었다고 합니다. 제비꽃은 오랑캐꽃, 병아리꽃, 외나물, 앉은뱅이꽃 등 많은 별칭을 갖고 있는데, 그만큼 우리들과 친숙한 꽃이었다는 것을 증명하는 것이겠지요. '오랑캐꽃'이란 이름은 이 꽃이 필 무렵에 오랑캐가 쳐들어와서 지어진 이름이라고도 하고, 꽃의 모양새가 마치 오랑캐의 머리채와 같아서 붙은 이름이라고도 합니다.

시인의 말

안도현 시인이 이런 말을 했대요. "시인의 역할은 여러 가지가 있다. 첫 번째는 남들이 미처 깨닫지 못한 것을 발견하도록 도와준다. 저기 파랗게 핀 꽃 이름이 뭔지 아나? 꽃무릇이다. 시인은 세상에 이런 아름다운 꽃이 있다는 걸 사람들에게 일러 준다. 보물찾기서팀 빌선의 기쁨을 알려 주는 거지. 시인은 혼자서 중얼거리는 재미를 남들과 함께 나누기도 한다. 봄이 왔구나, 새가 우는구나 하는 생각을 글로 표현하고, 사람들은 그 글을 읽으며 시인이 깨달은 생각, 발견한 가치를 함께 나눈다. 마지막으로 시인은 시를 통해 사회의 부조리한 것에 저항하는 목소리를 담을 수 있다."

올봄에 여러분들은 제비꽃을 본 적이 있나요? 시인은 이 시를 통해 우리에게 어떤 발견을 나눠 주나요? 내년 봄에는 여러분도 제비꽃 앞에 발걸음을 멈출 수 있겠지요!

2장

자라다

바람이 들렀던 집

길상호

삽짝 모탱이를 돌아 초여름 바람이

항아리 뚜껑에 쌓여 있던 탑새기를 훅,

불고 지나갈 때 나싱개 나싱개

늦게 피운 꽃들만 마음이 흔들리고

남새밭 싹뚝 잘린 정구지들만 또 고개를 드네

감낭구에 매어 둔 누렁이도

양제기에 찰름찰름 출렁이던 햇볕도

저 담벼락 밑에 찌그러져 있는 집,

누구 없슈? 누구 없슈? 소리쳐도

벼름박에 걸린 소쿠데미 올이 풀려

아무 대답도 남아 있지 않는 집,

도무지 기둘려도 대간한 얼굴로 돌아와

저녁을 뽀얗게 씻치는 사람은 없고

시 이해하기

길상호(1973~) 시인은 충청남도 출신의 시인으로 시에 충청도 사투리를 듬뿍 사용하였네요. 뜻은 잘 몰라도 대충 짐작하여 충청도 사투리를 음미하면서 시인이 표현한 집은 어떤지 생각해 봐요. 그리고 내가 원하는 마음속의 집을 떠올리며 시와 함께 바람이 들렀던 집을 한번 탐험해 보도록 해요. 시인에게는 '그는 황량했던 마음을 다져 그 속에 집을 짓기 시작했다'라는 구절로 시작하는 〈그 노인이 지은 집〉이라는 시도 있는데요, 시인은 이청준의 〈목수의 집〉이라는 소설을 통해 집을 탐구하고 의미를 전하려는 마음이 강해졌다고 합니다.

시인이 말하는 집이 그려지나요? 여러분들의 집은 어떤 느낌이고 누가 들렀다 가나요?

단어

삽짝: 나뭇가지를 엮어서 만든 문짝인 사립문의 방언

모탱이: 모퉁이의 방언

탑새기: 먼지를 일컫는 충청도 방언

나싱개: 냉이의 방언

남새밭: 채소밭, 텃밭

정구지: 부추의 방언

감낭구: 감나무의 방언

양제기: 양재기의 충청도 발음. 안팎에 법랑을 올린 그릇. 양은이나 알루미늄 따위로 만든 그릇을 포함하기도 한다.

벼름박: 벽의 방언

소쿠데미: 바구니의 방언

대간한: 고단한의 방언

매미네 마을

정현정

매미는
소리로
집을 짓는다

머물 때 펼치고
떠날 때 거두는
천막 같은 집

매미들은
소리로
마을을 이룬다

참매미, 쓰름매미, 말매미 모여

온 여름

들고나며

마을을 이룬다.

여름에는

사람도

매미네 마을에 산다.

시 이해하기

매미가 우는 이유는 무엇일까요? 매미는 땅속에서 약 4~7년 정도를 나무뿌리의 양분이나 수액을 빨아 먹으면서 애벌레로 살면서 성충이 될 날을 기다립니다. 성충이 된 매미는 겨우 2주 정도 살면서 짝을 찾아 짝짓기를 하고는 죽어 버립니다. 너무 짧은 일생이기에 매미는 무척 바쁘답니다.

매미는 수컷만 소리를 낼 수 있습니다. 수컷이 우는 소리를 들으면 암컷이 다가와 짝짓기를 합니다. 결국 매미의 울음은 짝짓기를 통해 종족을 보존하기 위한 것입니다. 매미가 한창인 때에는 가끔씩 매미 소리가 괴롭게 들려오기도 하지요. 그런데 도시에서 밤과 낮을 가리지 않고 우는 것은 빛 공해로 인한 생태계 변화 때문이라고 합니다. 정작 매미는 청각이 무디다고 해요.

여름을 함께하는 매미를 시인은 어떤 시선으로 바라보고 있나요? 여러분도 같은 생각인가요?

수박끼리

이응인

수박이 왔어요 달고 맛있는 수박
김 씨 아저씨 1톤 트럭 짐칸에 실린 수박
저들끼리 하는 말

형님아, 밑에 있으이 무겁제, 미안하다. 괜안타, 그나저나 제값
에 팔리야 될 낀데. 내사 똥값에 팔리는 거 싫타. 내 벌건 속 알아
주는 사람 있을 끼다 그자. 그래도 형님아, 헤어지마 보고 싶을 끼
다. 간지럽다 코 좀 그만 문대라. 그래, 우리는 사람들 속에 들어
가서 다시 태어나는 기라.

핵심 키워드
#시인의 마음 #수박 #사랑 #여름

시 이해하기

"수박이 왔어요. 달고 맛있는 수박이 왔어요."
골목길을 울리는 소리가 들리는 듯합니다. 수박들의 목소리도 막 들리고요.
수박 형제들이 트럭 안에서 정겹게 나누는 대화 속에 수박이 원하는 소원,
즉 인정받고 싶은 가치가 들어 있답니다. 우리는 모두 가치 있고 개성 있는
존재들입니다. 시 속의 수박이 그러했던 것처럼 말이죠. 시인은 여름을 알
리는 대표 과일인 '수박'에 마음을 한가득 담았답니다. 시원한 수박 한쪽을
입에 넣을 때, 이응인 시인의 〈수박끼리〉를 기억하며 수박의 벌건 속을 알
아주는 그런 사람이 되어 봅시다.

이웅인 시인은 이런 말을 한 적이 있대요.

"시를 쓰는 마음은 사랑입니다. 새로움을 발견하는 눈의 바탕에는 사랑이 깔려 있어야 합니다. 강물에 대한 사랑, 어린아이처럼 노니는 청둥오리에 대한 사랑, 늘 마주 대하는 산에 대한 사랑, 이웃에 대한 사랑, 새로 만나는 이에 대한 사랑이 있어야 합니다. 이러한 사랑이 있어야 아름다움이 보입니다. 이러한 사랑이 있어야 감동할 수 있고, 슬퍼할 수 있고, 괴로워할 수 있습니다. 사랑의 마음은 내가 남이 될 수 있다는 데에 있습니다. 내가 산이 되어 듬직하게 서 볼 수 있고, 오염되어 가는 강물이 되어 볼 수 있고, 어린아이가 될 수 있고, 하루 종일 학교에 붙들려 있는 학생이 되어 볼 수 있고, 늘그막에 혼자되어 외로운 노인이 되어 볼 수 있고, 월급도 제대로 못 받아 생활이 어려운 노동자가 되어 볼 수 있습니다."

우리도 시인의 말처럼 사랑을 갖고 새로움을 발견해 보도록 합시다. 여러분 자신의 가치를 알고 사랑하는 것은 물론이고요.

이 바쁜 때 웬 설사

김용택

소낙비는 오지요

소는 뛰지요

바작에 풀은 허물어지지요

설사는 났지요

허리끈은 안 풀어지지요

들판에 사람들은 많지요

시 이해하기

김용택(1948~) 시인은 이 시를 쓰게 된 유래를 다음과 같이 이야기했답니다.
"나는 어머니 말을 베낀 시가 많아요. 어머니께서 '바쁜 농사철에 보니 어떤
사람이 깔짐 지게를 지고 오는데 갑자기 똥이 너무나 마려웠다'라는 상황을
말씀하셨는데, 나는 말한 것을 그대로 시로 옮겼어요."
하지만 시인은 실제로는 평범한 시어를 '-지요'라는 종결 어미를 통해 긴장
감이 느껴지도록 드러냈지요.
누구나 한 번쯤 경험해 본 상황을 시인은 재미있게 표현했어요. 우리도 시
인의 운율을 살려 패러디 시를 써 보는 것은 어떨까요. 재미있겠죠?

단어

바작: 발채의 전라도 방언. 짐을 싣기 위하여 지게에 얹는 소쿠리 모양의 물건으로,
싸리나 대오리로 둥글넓적하게 조개 모양으로 결어서 접었다 폈다 할 수 있게 되어
있다. 끈으로 두 개의 고리를 달아서 얹을 때 지겟가지에 끼운다. 바소쿠리라고 하기
도 한다.

고래를 위하여

정호승

푸른 바다에 고래가 없으면
푸른 바다가 아니지
마음속에 푸른 바다의
고래 한 마리 키우지 않으면
청년이 아니지

푸른 바다가 고래를 위하여
푸르다는 걸 아직 모르는 사람은
아직 사랑을 모르지

고래도 가끔 수평선 위로 치솟아 올라
별을 바라본다
나도 가끔 내 마음속의 고래를 위하여
밤하늘 별들을 바라본다

시 이해하기

"일상의 쉬운 언어로 현실의 이야기를 시로 쓰고자 한다."라는 평소의 소신처럼 정호승(1950~) 시인의 시는 쉬운 말로 인간에 대한 애정과 연민을 그려 내곤 합니다. 정호승 시인의 시에는 민중들의 삶을 향한 깊고 따뜻한 관심과 애정이 담겨 있지요. 성실한 관찰과 진지한 성찰로 민중들의 애환과 시대의 문제를 시 속에 형상화했으며, 몇몇 시는 가수들이 노래로 만들어 부르기도 했습니다. 이 시도 노래가 되었지요.

마음속에 고래를 품은 사람과 그렇지 않은 사람은 삶을 대하는 태도에 차이가 있답니다.

여러분은 마음에 어떤 멋진 고래를 키우고 있나요? 마음속 고래가 잘 보이나요? 잘 찾아보세요.

풀잎에도 상처가 있다
정호승

풀잎에도 상처가 있다
꽃잎에도 상처가 있다
너와 함께 걸었던 들길을 걸으면
들길에 앉아 저녁놀을 바라보면
상처 많은 풀잎들이 손을 흔든다
상처 많은 꽃잎들이
가장 향기롭다

시 이해하기

도종환 시인의 〈흔들리며 피는 꽃〉을 읽고, 정호승 시인의 〈풀잎에도 상처가 있다〉와 연결지어 보세요.

> 흔들리며 피는 꽃
>
> 도종환
>
> 흔들리지 않고 피는 꽃이 어디 있으랴
> 이 세상 그 어떤 아름다운 꽃들도
> 다 흔들리며 피었나니
> 흔들리면서 줄기를 곧게 세웠나니
> 흔들리지 않고 가는 사랑 어디 있으랴
>
> 젖지 않고 피는 꽃이 어디 있으랴
> 이 세상 그 어떤 빛나는 꽃들도
> 다 젖으며 젖으며 피었나니
> 바람과 비에 젖으며 꽃잎 따뜻하게 피웠나니
> 젖지 않고 가는 삶이 어디 있으랴

정호승 시인은 이 시대를 사는 많은 분들이 고통 가운데 놓여 있을 때 고통은 어떤 의미에서 우리 영혼의 또 다른 양식이라고 말했어요. 그 고통을 통해서 희망을 바라볼 수 있는 그런 눈을 지닐 수 있으면 참 좋겠다고, 자신의 시를 읽는 독자가 마음의 어떤 위안과 평화를 좀 느꼈으면 좋겠다고 말했지요, 그러니까 시는요, 고통 속에서 피는 꽃이랍니다. 상처의 꽃이 곧 시랍니다.

햇비

윤동주

아씨처럼 나린다
보슬보슬 햇비
맞아 주자 다 같이
　　옥수숫대처럼 크게
　　닷 자 엿 자 자라게
　　해님이 웃는다
　　나보고 웃는다

하늘 다리 놓였다
알롱달롱 무지개
노래하자, 즐겁게
　　동무들아 이리 오나
　　다 같이 춤을 추자
　　해님이 웃는다
　　즐거워 웃는다.

시 이해하기

1연은 비가 올 때의 모습이, 2연은 여우비가 지나간 뒤의 반짝반짝한 모습
이 환하게 드러나 있죠. 그런데 '햇비'가 여우비가 아닌 신선한, 갓 내리는
비로 느껴지기도 하는데, 특히 1연이 그렇게 느껴집니다. 비를 맞으며 무럭
무럭 자라려는 아이의 마음 때문일까요?

단어

햇비: 본래 '해비'('여우비'의 북한어)인데, 윤동주 시인이 해비라는 말에 일부러
'ㅅ'을 넣었다.

빗방울

서정숙

톡톡
튕기다

파르르
떨다가

쪼르르
달리다

주루룩
미끄럼

비 오는 날
차 창문은

물방울
놀이터

국어 교과서 여행 중1 시

시 이해하기

이 시를 읽으면 지금 내 눈앞에는 없지만, 비 오는 날 빗방울 가득한 차창 풍경이 떠오르지요? 이것이 심상인데, 이렇게 눈으로 보이는 듯한 걸 시각적 심상이라고 합니다.

이런 감각을 자극하는 것이 시의 묘미이기도 하므로, 시를 많이 읽으면 여러분들의 감각 중추가 살아 움직이고 감성 충만한 멋진 사람이 될 수 있겠죠. 감각을 열어 봅시다! 빗방울의 느낌이 온몸으로 전해지나요?

여우비

박목월

땡볕 나는데
오는 비,
여우비.

시집가는 꽃가마에
한 방울 오고
뒤에 가는 당나귀에
두 방울 오고.

오는 비.
여우비.
쨍쨍 개었다.

핵심 키워드
#비 #단어 #여우비 #설화 #시적 감각

시 이해하기

우리나라에는 "햇볕이 내리쬐는 날 빗방울이 떨어지면 여우가 시집을 가고, 호랑이는 장가를 간다."라는 오래된 설화가 있습니다. 이 시는 '여우비 설화'를 시적 감각으로 표현하였습니다. 전해 오는 설화는 다음과 같습니다.

꾀가 많은 여우는 어느 날 호랑이와 마주치자 살기 위해 머리를 썼다. "내가 이 세상에서 가장 힘이 세다는 것을 아느냐? 나를 따라와 보면 안다." 호랑이가 말했다. "그럴 리가 있나? 한번 해보자. 그래." 여우가 앞서가고 호랑이가 뒤를 따랐다. 정말로 모든 짐승이 겁을 먹고 도망치고 있었다.

호랑이도 헷갈리기 시작했다. 여우는 한술 더 떠서 호랑이와 살면 좋겠다고 생각했다. 호랑이 옆에 있으면 무서울 게 없으니까 말이다. 그래서 호랑이를 꾀어 마침내 결혼하게 된다.

그런데 사실은 그동안 여우를 짝사랑했던 구름이 있었다. 구름은 바보같이 여우를 먼발치에서 바라만 보고 있었다. 여우와 호랑이가 결혼하던 어느 맑은 날, 구름은 애써 환한 미소를 지으며 눈물을 흘렸다.

비와 관련된 단어

싸락비: 가랑비의 방언. 싸래기처럼 포슬포슬 내리는 비
작달비: 장대비. 굵고 세차게 퍼붓는 비
먼지잼: 비가 겨우 먼지나 잠재울 정도로 아주 조금 내림
소나기: 갑자기 세차게 쏟아지다가 곧 그치는 비

비

황인숙

저처럼

종종걸음으로

나도

누군가를

찾아나서고

싶다……

시 이해하기

시인은 비에 자신의 감정을 대입하고 있어요. 시인의 감정을 드러내는 표현은 무엇인가요?

시의 느낌에 집중하고, 시인이 비를 통해 드러내고 있는 것이 무엇인지 생각하며 시를 읽으면 시에 대한 느낌이 더욱 새로울 거예요.

비

황인숙

아, 저, 하얀, 무수한, 맨종아리들,
찰박거리는 맨발들.
찰박 찰박 찰박 맨발들.
맨발들, 맨발들, 맨발들.
쉬지 않고 찰박 걷는
티눈 하나 없는
작은 발들.
맨발로 끼여들고 싶게 하는.

시 이해하기

시 속에 표현된 쉼표를 잘 보아요. 아주 많이 나오죠. 시인이 시와 관련지어 무엇인가를 표현한 것 같지 않나요?

맨발로 빗속에 뛰어들었던 때가 언제였는지 가물거리는 나이가 되었네요. 맨발로 빗속에 뛰어들 수 있다는 것은 순수하고, 어리고, 세상을 재미있게 본다는 것일 수도 있습니다. 시인은 그런 마음을 그리고 있나 봅니다. 아무 생각 없이 빗속으로 뛰어들고 싶은 마음을 시인이 표현한 것은 아닌가 싶네요.

여러분은 아직 빗속으로 뛰어드는 마음을 지닌 나이죠! 그 마음을 잊지 말길 바랍니다. 그 마음이 오래 남을수록 시인의 눈을 갖게 되는 거죠.

비 오는 날

임길택

마루 끝에 서서
한 손 기둥을 잡고
떨어지는 처마물에
손을 내밀었다

한 방울 두 방울
처마물이 떨어질 때마다
툭 탁 툭 탁
손바닥에서 퍼져 나갔다

물방울들 무게
온몸으로 전해졌다

손바닥 안이 간지러웠다

시 이해하기

쇼팽의 '빗방울 전주곡'(Chopin, 24 Preludes Op.28, No.15 'Raindrop')을 들으며 시를 읽어 볼까요? 쇼팽의 빗방울 전주곡은 끊임없이 들려오는 낙숫물 같은 A-flat(G-sharp) 음 때문에 '빗방울 전주곡'이란 별칭이 붙었답니다. 느낌이 시와 어울리나요?

임길택(1952~1997) 시인은 강원도 산골 마을과 탄광 마을에서 십수 년 동안 교사로 일했어요. 어린이들을 위한 작품을 주로 썼으며, 시, 동시, 동화, 수필 등을 발표했죠. 표현이 군더더기 없이 깔끔하며, 탄광 마을과 같이 힘들고 어려운 현실을 숨김없이 보여 주는데, 그는 이렇게 말했다고 합니다.

"나는 우는 것들을 사랑합니다. 그리고 아직 시가 무엇인지 잘 모르지만, 그 우는 것들의 동무가 되어 그들의 숨겨진 이야기를 쓰고 싶습니다. 다만 한 가지, 글을 읽을 줄 아는 이라면 아이, 어른 누구나 알아들을 수 있는 이야기를 쓰려 합니다."

우리도 비 오는 날 한 번쯤 해 봤을 법한 일이나 행동을 군더더기 없이 간결하게 표현해 보는 건 어떨까요?

단어

처마물: '낙숫물'의 북한어로, 처마 끝에서 떨어지는 물

3장

맺다

오우가

윤선도

내 벗이 몇이나 하니 수석(水石)과 송죽(松竹)이라
동산(東山)에 달 오르니 그 더욱 반갑고야
두어라 이 다섯밖에 또 더하여 무엇하리

구름 빛이 좋다 하나 검기를 자로 한다
바람 소리 맑다 하나 그칠 적이 하노매라
좋고도 그칠 뉘 없기는 물뿐인가 하노라

꽃은 무슨 일로 피면서 쉬이 지고
풀은 어이하여 푸르는 듯 누르나니
아마도 변치 않을손 바위뿐인가 하노라

더우면 꽃 피고 추우면 잎 지거늘
솔아 너는 어찌 눈서리를 모르는다
구천(九泉)에 뿌리 곧은 줄을 그로 하여 아노라

나무도 아닌 것이 풀도 아닌 것이
곧기는 뉘 시키며 속은 어이 비었는가
저렇고 사시에 푸르니 그를 좋아하노라

작은 것이 높이 떠서 만물을 다 비추니
밤중의 광명이 너만 한 이 또 있느냐
보고도 말 아니하니 내 벗인가 하노라

시 이해하기

윤선도(1587~1671)는 조선 중기의 문신·문인이에요. 정치적으로 열세에 있던 남인의 가문에서 태어나 집권 세력인 서인에 강력하게 맞서 왕권 강화를 주장하다가, 유배 생활과 은거 생활을 했지요. 그러나 조상에게서 물려받은 유산으로 화려한 은거 생활을 누릴 수 있었고, 그의 탁월한 문학적 역량은 이러한 생활 속에서 표출됐습니다. 윤선도는 자연을 문학의 제재로 채택한 시조 작가 가운데 가장 탁월한 역량을 나타낸 것으로 평가받습니다. 이 시는 1642년 전라남도 해남에서 은거할 무렵에 지었다고 해요.

〈오우가(五友歌)〉는 '다섯 친구에 대한 시' 정도로 표현할 수 있겠네요. 우리에게도 마음을 위로해 주거나 기쁘게 해 주는 대상들이 있을 거예요.

내 벗이 몇이나 하니 수석(水石)과 송죽(松竹)이라
동산(東山)에 달 오르니 그 더욱 반갑고야
두어라 이 다섯밖에 또 더하여 무엇하리

제1수를 흉내 내어 보는 것도 재미있겠죠.

오우(五友): 다섯 명의 친구로, 여기서는 물, 돌, 소나무, 대나무, 달을 말한다.

좋다: 여기서 '좋다'는 '깨끗하다'라는 뜻이다.

하노매라: 많구나

그칠 뉘: 그칠 때

모르는다: 모르느냐

구천: 땅속 깊은 밑바닥

신문지 밥상

정일근

더러 신문지 깔고 밥 먹을 때가 있는데요

어머니, 우리 어머니 꼭 밥상 펴라 말씀하시는데요

저는 신문지가 무슨 밥상이냐며 궁시렁궁시렁하는데요

신문질 신문지로 깔면 신문지 깔고 밥 먹고요

신문질 밥상으로 펴면 밥상 차려 밥 먹는다고요

따뜻한 말은 사람을 따뜻하게 하고요

따뜻한 마음은 세상까지 따뜻하게 한다고요

어머니 또 한 말씀 가르쳐 주시는데요

해방 후 소학교 2학년이 최종 학력이신

어머니, 우리 어머니의 말씀 철학

시 이해하기

욕설과 화가 넘쳐 나는 교정을 거닐며 아주 많은 생각이 드는 요즘입니다. 오늘 자신이 한 말들을 곰곰 생각해 볼까요? 집에서, 학교에서, 친구에게, 부모님에게, 혹은 다른 가족에게 어떤 말을 선물로 주었나요? 내가 뱉은 말들은 세상을, 아니 나를 따습게 만드는 힘이었나요? 세상을 따뜻하게 만드는 힘은 결국 마음의 차이에서 나오는 거라고 시인의 어머니께서 가르쳐 주시네요.

서시

윤동주

죽는 날까지 하늘을 우러러
한 점 부끄럼이 없기를,
잎새에 이는 바람에도
나는 괴로워했다.
별을 노래하는 마음으로
모든 죽어 가는 것을 사랑해야지
그리고 나한테 주어진 길을
걸어가야겠다.

오늘 밤에도 별이 바람에 스치운다.

시 이해하기

윤동주 시인은 북간도에서 태어났습니다. 1941년 시집을 발간하려 했으나 뜻을 이루지 못하고, 1945년 후쿠오카 감옥에서 옥사했어요. 사후(1948년)에 유고 시집 《하늘과 별과 바람과 시》를 간행했으며 〈서시〉는 이 시집의 서문격인 시입니다. 시인이 작품에서 가장 많이 쓴 낱말은 대명사 '나'라는 말인데, 200번 가깝게 썼다고 합니다. 이 시에도 시인의 고뇌와 절망을 희망으로 승화시키려는 '자의식'이 강하게 표현되어 있습니다.

시인은 어떤 마음으로 그 어려운 시절을 살고자 하는지……, 시인의 의지를 찾았나요? 여러분은 어떤 삶의 의지를 지니고 있나요?

가을볕

정진아

골목길 걷는 동안
내 등에 업힌 가을볕

동생 숨결처럼
따뜻하게 느껴지고

아랫목
할머니 품처럼
시린 어깨 감싸 주고

시 이해하기

정진아(1965~) 시인은 전라남도 담양의 푸른 대밭에 흰 눈 내리던 날 태어
났다고 합니다. 1991년부터 방송 작가로 일하며 맑고 밝은 동시를 쓰고 있
지요.

시인은 가을을 '볕'으로 떠올렸습니다. 1장의 강동주 시인의 〈봄볕〉과 이
어지는 소재는 다른데 비슷한 느낌이네요. 여러분은 '가을' 하면 어떤 것이
생각나나요? 자유롭게 떠올려 보고, 시각적으로 표현(비주얼씽킹)해 봅시다.
비주얼씽킹(Visual thinking)은 생각을 간단한 글과 그림으로 표현하는 걸 말
한답니다.

오—매 단풍 들것네

김영랑

"오—매 단풍 들것네"
장광에 골붉은 감잎 날러오와
누이는 놀란 듯이 치어다 보며
"오—매 단풍 들것네"

추석이 내일모레 기둘리리
바람이 잦이어서 걱정이리
누이의 마음아 나를 보아라
"오—매 단풍 들것네"

시 이해하기

김영랑(1903~1950) 시인의 시에서 구수한 전라도 사투리를 빼면 시를 읽는 맛이 줄어들 정도로 사투리가 읽는 이를 즐겁게 합니다. 이 시는 시인의 시가 가진 그러한 특징을 잘 보여 주고 있습니다. 이 시에 쓰인 전라도 사투리로는 '오매', '골불은', '들것네', '장광', '기둘리리' 등이 있지요.

일찍이 북에는 소월이 있고, 남에는 영랑이 있다고 일컬어져 왔어요. 두 사람 모두 우리나라 서정시의 태두요, 어휘를 구사하는 면에 있어서도 토속성을 밑바닥에 깔면서 구수한 사투리를 이끌어 낸 점을 두고 하는 찬사입니다.

"오-매 단풍 들겠네."라는 말에 담긴 누이의 마음은 무엇일까요?

단어

오매: 감탄사. '어머나'의 뜻으로, 전라도 방언

장광: 장독대

골불은: '붉다'를 강조한 전라도 방언

치어다보다: '쳐다보다'의 본딧말

잦이어서: 잦아지어. '빠르고 빈번하여'라는 뜻으로, 전라도 방언

북

최승호

고래들이 꼬리를 들어
바다를 친다
탕 탕 탕
바다가 커다란 북이다

하늘에서는 천둥이 친다
쾅 콰앙 쾅
하늘이 커다란 북이다

내 가슴에서는 심장이 뛴다
쿵 쿵 쿵
가슴이 북이다

핵심 키워드
#북 #말놀이 #의미 있는 행동 #재미 #시어

시 이해하기

북은 누군가 쳐서 소리를 낼 때 진정한 의미가 있죠. 시 속에도 북처럼 의미 있는 행동을 하는 대상들이 나오네요.

〈북〉은 최승호(1954~) 시인의 《말놀이 동시집》 시리즈에 수록된 시입니다. 시인의 《말놀이 동시집》 시리즈에는 말놀이를 통해 재미를 주는 시들이 아주 많습니다.

다음은 〈말〉이라는 시입니다. 이 시에는 또 어떤 재미가 담겨 있을까요?

> 말
>
> 　　　　　　최승호
>
>
> 말에게
> 말하지 마
> 날의 생일 선물로
> 말에게 무엇을 준비했는지
> 말하면 안 돼

대추 한 알

장석주

저게 저절로 붉어질 리는 없다.
저 안에 태풍 몇 개
저 안에 천둥 몇 개
저 안에 벼락 몇 개

저게 저 혼자 둥글어질 리는 없다.
저 안에 무서리 내리는 몇 밤
저 안에 땡볕 두어 달
저 안에 초승달 몇 날

핵심 키워드
#대추 #의미 #과정 #시간 #이야기

시 이해하기

장석주(1955~) 시인은 대추를 자라게 한 것들이 무엇이라고 말하나요? 시인은 아주 하찮고 미미해 보이는, 여러분들이 눈길도 주지 않는 '대추'를 통해 엄청난 이야기를 들려주네요. 여러분도 대추처럼 결코 '저절로', '혼자' 자라고 있는 건 아닐 거예요. 삶을 통과하며 만나는 모든 상황과 사람들, 그리고 시간들을 통해 여러분들만이 쓸 수 있는 이야기(열매=대추)를 만들어 가는 것이겠죠. 그 과정에 하는 쓸모없을 것 같은 여러 생각들이 진정으로 여러분을 자라게 하는 큰 쓸모가 되길 바랍니다.

시인의 말

장석주 시인은 시는 논리 너머 초논리를 추구하기 때문에 시는 언어를 쓰지만 언어에서 자유롭게 되기를 바란다고 말했어요. 그러면서 사물과 세계에 대해서 새로운 눈을 뜨게 해 주는데 그런 면에서 시는 의미가 있는 거라고 했지요. 뭔가 어려운 말 같지요?
시가 밥이나 명예를 주지도 않고, 별달리 실용적인 측면도 없지만, 쓸모없는 것 중 가장 큰 쓸모를 보여 주는 게 시라고 생각했지요. 우리가 시를 읽을 때마다 마음을 넓혀 주는 것이 가장 큰 쓸모 아닐까요?

4장
기대하다

우리가 눈발이라면
안도현

우리가 눈발이라면

허공에서 쭈빗쭈빗 흩날리는

진눈깨비는 되지 말자

세상이 바람 불고 춥고 어둡다 해도

사람이 사는 마을

가장 낮은 곳으로

따뜻한 함박눈이 되어 내리자

우리가 눈발이라면

잠 못 든 이의 창문가에서는

편지가 되고

그이의 깊고 붉은 상처 위에 돋는

새살이 되자

시 이해하기

앞에 나온 정호승 시인의 〈풀잎에도 상처가 있다〉라는 시와 연결되는 지점
이 있네요. 그런데 안도현(1961~) 시인은 우리에게 좀 더 적극적으로 행동
하기를 요구합니다. '상처'를 지닌 사람들에게 다가가서 상처를 새살로 만
들어 줄 줄 아는 사람이 되라고 말입니다. 쉬운 일은 아니지요. 시를 읽으
며 내가 '진눈깨비' 같은 사람인지 아니면 '함박눈' 같은 사람인지 한 번 더
생각하다 보면 나도 모르게 '함박눈' 같은 사람이 되고 있을지도 모릅니다.
윤동주 시인의 〈눈〉도 같이 감상해 봅시다.

> 눈
>
> > 윤동주
>
> 지난밤에
> 눈이 소—복이 왔네
>
> 지붕이랑
> 길이랑 밭이랑
> 치워한다고
> 덮어주는 이불인가봐
> 치운 겨울에만 내리지

*칩다: 춥다의 강원, 경상, 함경도 방언, 춥다의 옛말

동행
제페토

보이지 않아도 내 다 안다
툭, 하고 목줄 당기면
삼나무 숲에 가자 하는 것임을

보이지 않아도 내 다 안다
행여 목이 조이지 않을까
때때로 돌아보는 선한 눈을

저무는 하늘을 볼 수 없는 나는
시간 가는 줄을 모른다

그래도 내 다 안다
툭, 하고 목줄 당기는 그때가
우리 아쉽게 돌아가야 할 때임을

시 이해하기

존 에버렛 밀레이가 그린 〈눈먼 소녀〉라는 그림입니다. '동행'의 진정한 의미와 동행자가 있다는 것의 행복에 대해 다시 한 번 감사하게 되지요.

제페토 시인은 포털 사이트에서 제페토라는 닉네임으로 활동하는 누리꾼으로, 인터넷 뉴스를 읽고 시 형식의 댓글을 씁니다. 이 작품은 댓글시집 《그 쇳물 쓰지 마라》에 수록되어 있어요.

〈동행〉이라는 시는 아래의 글에 대한 '댓글시'라고 합니다. 댓글시라니 멋지네요. 여러분이 상상한 글과 맞닿는 지점이 있나요?

앞 못 보는 개의 눈이 되어 준 안내견 감동

앞을 보지 못하는 개를 5년간 돌본 '맹견 안내견'의 사연이 감동을 주고 있다. 지난 22일 영국 타블로이드 '더 선'은 맹견 안내견인 매디슨과 앞을 보지 못하는 개 릴리의 사연을 소개했다. 6세 난 개 릴리는 과도하게 자란 속눈썹이 눈을 찔러 결국 생후 18개월 때 안구가 손상돼 실명했다. 이후 함께 지내던 7세 난 개 매디슨이 릴리의 눈이 되어 주었다. 매디슨은 릴리의 곁에서 걷는 방향은 물론 배변 위치까지 안내해 주며, 밤에는 항상 껴안고 잔다고 전해 감동을 주고 있다.

2011. 10. 24.　댓글시집 《그 쇳물 쓰지 마라》

까마귀 싸우는 골에

영천 이씨

까마귀 싸우는 골에 백로야 가지 마라

성난 까마귀 흰빛을 시샘할세라

청강에 기껏 씻은 몸을 더럽힐까 하노라

국어 교과서 여행 중1 시

시 이해하기

이 시조는 고려를 대표하는 충신 정몽주(1337~1392)와 관련이 있다고 알려져 있습니다. 영천 이 씨는 정몽주의 어머니로 선생이 어렸을 때, 위대한 인물이 되라는 의미에서 이 시조를 지었다고도 하고, 이방원이 잔치를 베풀어 정몽주를 초대할 때 지어 주었다고도 전해집니다.

정몽주는 결국 선죽교에서 이방원의 손에 죽게 됩니다. 그렇다면 이 시조에는 모든 어머니들의 바람인 자식이 좋은 사람과 어울리길 바라는 마음이 드러나 있는 것일지도 모릅니다. 이 시조에서 정몽주를 의미하는 시어가 무엇인지 쉽게 찾을 수 있지요?

단어

시샘: 자기보다 잘되거나 나은 사람을 공연히 미워하고 싫어하는 마음
청강: 맑은 물

까마귀 검다 하고

이직

까마귀 검다 하고 백로야 웃지 마라

겉이 검은들 속조차 검을쏘냐

겉 희고 속 검은 것은 너뿐인가 하노라

시 이해하기

이직(1362~1431)은 고려 말, 조선 초의 문신으로 이성계를 도와 조선 개
국에 공헌했고, 제2차 왕자의 난에 이방원을 도왔어요. 세종 때에는 영의
정과 좌의정을 지냈지요.

〈까마귀 검다 하고〉는 문집 《형재시집》에 전해 내려오는 시조예요.

까마귀는 겉은 검은 빛깔이지만, 행동이 활달하며 언제나 한결같은 울음
소리를 내는 새로서 속임수를 쓰지 않는다고 해요. 그런데 백로는 희고 고
운 빛깔을 가졌지만 거의 소리를 내지 않으므로 속내를 알 수 없고, 또 얕
은 물속에서 가만히 웅크리고 서 있다가 물고기가 다가오면 재빠르게 부리
를 뻗어 물고기를 찍어서 잡아먹지요. 그래서 속임수를 쓰고 기회만 노리
는 엉큼하고 비겁한 새라고 하지요. 실제로 까마귀는 깃털이 검지만 피부
는 하얀데, 백로는 깃털이 희지만 피부는 검어요. 이직은 이 사실을 알고
있었기에 까마귀와 백로를 대조한 것이겠지요.

앞의 〈까마귀 싸우는 골에〉 나오는 '백로'와 '까마귀'라는 시어가 다른 의미
로 표현되죠. 이렇게 같은 시어도 다르게 해석될 수 있답니다. 그럼 이 시
에서 이직을 의미하는 시어는 무엇일까요?

유성

오세영

밤하늘은

별들의 운동장

오늘따라 별들 부산하게 바자닌다.

운동회를 벌였나

아득히 들리는 함성,

먼 곳에서 아슴푸레 빈 우렛소리 들리더니

빗나간 야구공 하나

쨍그랑

유리창을 깨고

또르르 지구로 떨어져 구른다.

시 이해하기

유성이란 흔히 말하는 별똥별을 뜻하지요. 유성은 혜성, 소행성에서 떨어져 나온 티끌, 또는 태양계를 떠돌던 먼지 등이 지구 중력에 이끌려 대기 안으로 들어오면서 대기와의 마찰로 불타는 현상입니다.

아주 어릴 적에 우리 시골에서는 별똥별이 떨어지면 '위대한 사람'이 죽었다느니, 소원을 빌면 이루어진다느니 하는 말들이 있었고 별똥별도 가끔씩 볼 수 있었죠. 도시에 사는 요즈음에는 별조차도 보기 쉽지 않은 상황이라 참 쓸쓸합니다. 여러분들은 별똥별을 본 적이 있나요?

오세영(1942~) 시인은 "시각 예술인 미술이나 청각 예술인 음악과 달리 언어 그 자체에는 감각이 없다."라고 말하며 "다만 언어는 표현을 통해 감각을 환기시켜 주는 기능을 가지고 있다."라고 말했습니다.

시를 통해 알 수 있는 밤하늘의 모습을 시각적으로 그려 보거나 언어로 묘사해 봅시다.

단어

바자니다: '바장이다'의 옛말. 부질없이 짧은 거리를 오락가락 거닐다. 마음에 걸리는 것이 있어서 머뭇머뭇하다.

떨어져도 튀는 공처럼

정현종

그래 살아 봐야지
너도나도 공이 되어
떨어져도 튀는 공이 되어

살아 봐야지
쓰러지는 법이 없는 둥근
공처럼, 탄력의 나라의
왕자처럼

가볍게 떠올라야지
곧 움직일 준비 되어 있는 꼴
둥근 공이 되어

옳지 최선의 꼴
지금의 네 모습처럼
떨어져도 튀어 오르는 공
쓰러지는 법이 없는 공이 되어.

국어 교과서 여행 중1 시

시 이해하기

'공'이란 소재의 특징은 여러 가지죠. 시인은 공의 탄력성에 주목하고 있네요.

떨어지는 일은 좌절하기 쉬운 일이지만, 살다 보면 성적이 떨어지기도 하고, 시험에 떨어질 수도 있고, 기운이 떨어지기도 해요. 그럴 때, 위아래가 없어서 쓰러지지 않고 다시 회복하는 둥근 공 같은 마음을 지니라는 거겠죠. '떨어져도 튀는', '쓰러지는 법이 없는', '움직일 준비되어 있는' 공의 속성에 대한 묘사를 통해서 말이에요.

무의미한 일상을 날마다 반복하는 것처럼 삶이 의미 없고 무기력하게 느껴질 때가 있죠. 그런 날에는 아무것도 하기 싫고 말이에요. 그럴 때 어떤 마음의 자세를 가져야 하는지를 생각해 볼 수 있는 시가 아닐까요? 여러분은 튀어 오를 준비가 되어 있나요?

동해 바다 - 후포에서
신경림

친구가 원수보다 더 미워지는 날이 많다
티끌만 한 잘못이 맷방석만 하게
동산만 하게 커 보이는 때가 많다
그래서 세상이 어지러울수록
남에게는 엄격해지고 내게는 너그러워지나 보다
돌처럼 잘아지고 굳어지나 보다

멀리 동해 바다를 내려다보며 생각한다
널따란 바다처럼 너그러워질 수는 없을까
깊고 짙푸른 바다처럼
감싸고 끌어안고 받아들일 수는 없을까
스스로는 억센 파도로 다스리면서
제 몸은 맵고 모진 매로 채찍질하면서

시 이해하기

신경림(1936~) 시인은 자신의 마음을 돌아보려 바다에 갔군요. 아니면 바다에 갔는데, 길고 널따란 바다와 달리 쪼그라진 자신을 보게 된 것인지도 모르죠. 마음이 '티끌'같이 잘아지고 '돌멩이'같이 딱딱해서 누군가가 미워지려고 할 때가 있나요?

이 시는 1990년도에 발표된 시집《길》에 수록된 작품이에요. 시인이 전국 각지를 다니면서 살핀 풍경에서 느낀 바를 삶에 대한 깨달음과 관련해 풀어낸 시 중 한 편이죠. 시인은 바다를 아주 넓고 너그럽고 스스로에게 엄격한 존재로 그려 내고 있어요. 그리고 바다와 자신을 대조해 가면서 자기반성을 하고 있네요.

그런데 안도현 시인의 〈바다가 푸른 이유〉라는 시는 바다가 실은 그리 넉넉한 존재가 아니라고 말합니다. 바다도 우리와 똑같은 존재인데, 넓어 보이는 건 또 다른 이유가 있다고 새로운 시각으로 말해 줍니다. 또 다른 새로운 바다의 모습이 궁금하다면 〈바다가 푸른 이유〉라는 시를 찾아 읽어 보기 바랍니다.

단어

맷방석: 맷돌을 쓸 때 밑에 까는 짚으로 만든 방석

너에게 묻는다
안도현

연탄재 함부로 발로 차지 마라
너는
누구에게 한 번이라도 뜨거운 사람이었느냐

시 이해하기

이 시는 교사였던 안도현 시인이 해직되고 나서 지은 시입니다. 시집《외롭고 높고 쓸쓸한》에 수록되어 있지요. 그의 시작 노트에서 시인은 말합니다.

"첫 줄의 명령형과 끝줄의 의문형 어미가 참 당돌해 보이지요? 밥줄을 끊긴 자의 오기 혹은 각오가 이런 시를 만들어 낸 것 같습니다. 사실 저는 이 시의 제목이 마음에 들지 않습니다. 단도직입적으로 따지듯이, 나무라듯이 이렇게 말하는 게 아니었습니다. 화자는 무슨 자격으로 이렇게 함부로 말할까 하고 생각해 보지 않으셨습니까? 그래서 저는 이 시를 볼 때마다 제목을 고칩니다. '나에게 묻는다'라고요."

시인은 단 한 번이라도 누구에게 따뜻한 사람이었느냐고 묻는데요. 살다 보니 내 자신에게 따뜻하게 대하는 것도 어렵더라고요. 우리도 스스로에게 물어봅시다, 조용히. '나는 누구에게 한 번이라도 뜨거운 사람이었느냐'고요.

그 한마디 말

김장호

1

중학생 아들에게 용돈 줄 때마다

봉투에 넣어주는 쪽지 글

"이 아비는 너를 믿는다"

그때가 언제던가

전봇대처럼 꼬장꼬장하신 아버지

하나 자식 인간 되는 것 보지 못했다며

외양간 치고 두엄 내던 손으로

내 종아리 매질하셨던 당신의 간절한 기도문

막걸리 냄새나던 당신의 모국어

아비의 아비의 아비가 자동이체한

세상과 맞서게 만든 금쪽같은 말

훗날 아들의 등 뒤에서 힘이 될 그 한 마디 말

2

출근길 양복바지 주머니에 든

중학생 아들의 쪽지 글

"아버지, 사랑해요!"

아무리 봐도 질리지 않는 응원가
지갑 속 복권보다 더 힘나는 말
양손에 전깃줄 부여잡은 전봇대처럼
한평생 참고 견뎌내시던 농사꾼 아버지께
한 번도 해본 적 없는 입가에 맴돌기만 했던 말
내 일기장에서만 존재했던 말
울리지 않는 좋은 종이 아니듯
후회는 매번 막차를 타고 오는 것인가
아아, 끝끝내 억울하게 하지 못한 그 한 마디 말

3
늦은 밤
아파트 현관문을 연신 들락거리다가
중학생 아들에게 문 열어주며
내색 않고 꺼내는 아내의 첫마디
"밥은 먹었니?"
아들은 피자 먹었다며 제 방으로 들어간다
그때도 그랬지
황새목으로 대문 밖을 내다보시다가
전봇대 외등 아래 서성이던 아들에게
아버지 몰래 대문 따주셨던
내 어머니의 인사법

시외전화 할 때마다 꺼내시던 첫마디
김치찌개 냄새나던 당신의 모국어
아랫목 이불 밑 밥그릇 같은 그 한 마디 말

4
저녁 밥상머리
잘 익은 굴비가 상에 올랐다
아내가 아들 밥그릇에 굴비살 얹어주며
"엄마는 생선대가리가 더 좋아"
그 옛날 제비새끼처럼 입 쫙 벌린
어린 것 밥숟가락에 갈치살 얹어주던
내 어머니의 사랑법
교과서에 어두일미란 말도 나오니
어머닌 정말 그런 줄 알았다
그런데 그게 아니었다
언젠가 외할아버지 칠순잔치에서
생선대가리는 거들떠보지도 않고
생선살만 마구 드시는 걸 처음 보았다
엄마의 엄마의 엄마가 그랬듯이
당신의 생살이라도 발라주고픈 그 한 마디 말

시 이해하기

최근에 어머니나 아버지 또는 다른 가족에게 들었던 기분 좋은 말들이 있
나요? 나도 뭔가 사랑이 듬뿍 담긴 말을 해 주고 싶었는데, 해 주지 못하
고 가슴속에만 담았던 말이 있을 거예요. 오늘은 그 말을 슬며시 꺼내어
보는 건 어떨까요? 말로 하기 쑥스럽다고요? 그러면 이곳에 살짝 해 주고
싶었던 말을 적어 보아요.

눈 오는 지도

윤동주

순이가 떠난다는 아침에 말못할 마음으로 함박눈이 내려, 슬픈 것처럼 창 밖에 아득히 깔린 지도 위에 덮인다.

방안을 돌아다보아야 아무도 없다. 벽과 천정이 하얗다. 방안에까지 눈이 내리는 것일까. 정말 너는 잃어버린 역사처럼 홀홀이 가는 것이냐. 떠나기 전에 일러둘 말이 있던 것을 편지를 써서도 네가 가는 곳을 몰라 어느 거리, 어느 마을, 어느 지붕 밑, 너는 내 마음 속에만 남아 있는 것이냐. 네 조그만 발자국을 눈이 자꾸 내려 덮어 따라갈 수도 없다. 눈이 녹으면 남은 발자국 자리마다 꽃이 피리니 꽃 사이로 발자국을 찾아나서면 일년 열두 달 하냥 내 마음에는 눈이 내리리라.

시 이해하기

중국 북간도 명동촌에서 태어난 윤동주 시인은 요즘 식으로 표현하면 '이민 3세'겠죠. 게다가 일본 후쿠오카 감옥에서 짧은 생애를 마쳤기 때문에 시인이 모국에서 머물렀던 기간은 평양 숭실학교 1년, 서울 연희전문학교 4년을 합해서 고작 5년에 불과합니다. 그럼에도 그는 '서시'를 비롯한 대표작들을 모국에서 썼습니다.

이 시는 1939년에 쓴 작품으로, 그의 시에서 가끔씩 등장하는 '순이'가 이 시에도 나옵니다. 함박눈이 내리는 날 순이가 떠나죠. '지도'는 순이가 갔을, 눈으로 덮인 아득한 거리(마을)일까요? 떠나는 순이와 순이가 어디로 가는지도 모르는 나. '눈'은 하늘에서 내리는 눈이기도 하지만, 순이에 대한 나의 마음이기도 하죠. 적극적으로 순이를 잡지 못하는 나의 마음은 어떠했을까요?

단어

하냥: '늘'의 방언. '함께'의 방언
홀홀이: 홀홀히. 문득 갑작스럽게

5장

다시 시작하다

품사 다시 읽기·1 – 명사

문무학

이름이 없는 것들은 있어도 없는 거다

신은 형상을 만들었고

사람은 이름을 붙여

부른다,

이름 없는 것들을

불러서 존재케 한다.

시 이해하기

윤동주 시인의 시 〈별 헤는 밤〉에 보면 아래와 같이 이름을 불러 보는 내용이 나옵니다. 이런 이름들을 명사라고 합니다. 시인은 자신이 기억하고 싶은 대상들을 시 속에 불러 주며 그들을 기억하고 마음속에서 살아 움직이게 했겠지요.

> 어머님, 나는 별 하나에 아름다운 말 한마디씩 불러 봅니다. 소학교 때 책상을 같이 했던 아이들의 이름과 패, 경, 옥 이런 이국 소녀들의 이름과, 벌써 아기 어머니 된 계집애들의 이름과, 가난한 이웃 사람들의 이름과, 비둘기, 강아지, 토끼, 노새, 노루, '프란시스 잠', '라이너 마리아 릴케' 이런 시인들의 이름을 불러 봅니다.

그러니 이제부터 나와 친구들의 이름을 마구 불러 줍시다. 존재가 더욱 빛나도록!

시인의 말

문무학(1951~) 시인은 품사에 대해서 이런 말을 했지요.
"'품사'를 사전적으로 풀면 '낱말을 기능, 형태, 의미에 따라 나눈 갈래'라는 의미를 갖는데, 그래서 품사를 낱말 사회의 씨족이라고 부를 수 있을 것이다."
시인은 '낱말 새로 읽기'라는 연작을 수년간 써 오다가 낱말의 씨족을 한번 들여다보기로 했다고 합니다.

품사 다시 읽기·2 - 대명사
문무학

나는 당신으로부터 너라고 불리고

너는 나로부터 당신으로 불리지만

그대는 같이 불러도 다르면서 또 같다.

이것을 가리키면 이것이 되어 버리고

저것을 가리키면 저것이 되고 마는

문장의 광장 안에서 우뚝 선 깃발인 너.

시 이해하기

"9품사, 그들을 다시 읽으며 나는 그들에게 인격을 부여한다. 그것도 내가 한없이 사랑하고 존경하는 의미를 담아서……. 낱말이 없는 내 삶은 상상할 수도 없는 것인데, 내 어쩌다 이제 와서야 그들의 소중함과 위대함을 깨닫는지, 자책하지 않을 수 없다."

문무학 시인이 한 말입니다. 시인의 말을 생각하며 다시 한 번 시를 읽어 볼까요? 다른 느낌으로 와닿을지 몰라요.

품사 다시 읽기·3 – 수사
문무학

   오로지 '1'만 보여 '1'만을 우러르며 2 있고 3 있는 걸 외면한 이
세상은 '1'밖의 모든 것들을 늪 속에 헤매게 했다.

   세상은 그랬다 너만을 섬겨 왔다 죄가 된다 하여도 조금도 서슴
지 않고 숫자만 불리는 일에 급급했던 사람들.

시 이해하기

"어쩌랴, 이제라도 나를 먹여 살려 준 그들에게 감사의 뜻을 새기고, 제대로 알지도 못하고 함부로 써서 그들 문중에 큰 폐를 끼친 나의 무지와 무례를 용서받아야 하지 않겠는가. 그들의 씨족에 송덕비 하나 세우는 마음으로 품사를 다시 읽어 본 것이다."

문무학 시인은 이런 말을 했지요.

시인은 세상을 비판하고 있어요. 어떤 세상을 말하는 건지 함께 생각해 봐요.

품사 다시 읽기 · 4 – 조사
문무학

1

애당초 나서는 건 꿈꾸지도 않았다
종의 팔자 타고 나 말고삐만 잡았다
그래도 격이 있나니 내 이름은
격조사.

2

이승 저승 두루 이을 그럴 재준 없지만
따로따로 있는 것들 나란히 앉히는 난
오지랖 오지게 넓은 중매쟁이
접속조사.

3

그래,
나를 도우미로 불러라 그대들이여
내 있어 누구라도 빛날 수만 있다면
피라도 아깝다 않고 흘리리라
보조사.

시 이해하기

체언이나 부사, 어미 등에 붙어 그 말과 다른 말과의 문법적 관계를 표시하거나 그 말의 뜻을 더해 주는 품사를 조사라고 합니다. 국어 시간에 배운 품사들을 잘 기억해 봅시다. 아직 안 배웠다고요? 그렇다면 이 시들은 품사를 다 배운 다음에, 시인이 각 품사들을 어떻게 표현했는지 확인하며 읽도록 합시다.

 너는 힘이다 견줄 데 없는 힘이다 너 없이 그 어디에 닿을 수 있으랴 널 만난 문장 끝에선 새 한 마리 비상한다.

 네가 계절이라면 언 땅의 봄이겠다. 잠들었던 모든 것 깨어나 솟구치는

 봄이다,

 꿈틀거리는 동작들이 참 많은

시 이해하기

동사는 사물의 작용을 나타내는 품사예요. '어근+다'의 형태로 적지요.
여러분에게 힘과 봄 느낌을 주는 동사를 생각나는 대로 적어 볼까요? 동
사인지 모르겠다고요? 일단 적어 보고 사전에서 확인해 보면 되죠.

품사 다시 읽기 · 6 – 형용사

문무학

너는 허풍쟁이 번들번들 가납사니

씌어진 모든 것들 꽃빛으로 포장해서

온 사람 눈을 호리는 못 말릴 너는 정말.

그 잘난 미사여구도 너로 하여 태어나고

허한 것들 숨겨 놓고 화려한 무늬만 놓아

속내를 비추지 않는 홍등가의 불빛이다.

국어 교과서 여행 중1 시

시 이해하기

형용사는 '사람이나 사물의 성질과 상태 또는 존재를 나타내는 말'이에요. 명사에 바짝 붙어서 명사를 꾸며 주는 명사에 대한 무늬이죠. 명사 속에도 형용사의 느낌을 주는 자모들이 있지만, 형용사는 명사를 설명하는 품사입니다. 대체로 형용사 사전은 시인들이 낱말 사전 중에서 명사 사전 다음으로 소중하게 생각해요.

여러분이 소중하게 생각하는 형용사는 어떤 것이 있나요?

단어

가납사니: 쓸데없는 말을 지껄이기 좋아하는 수다스러운 사람

미사여구: 아름다운 말로 듣기 좋게 꾸민 글귀

홍등가: 붉은 등이 켜져 있는 거리라는 뜻으로, 유곽이나 창가(娼家) 따위가 늘어선 거리를 이르는 말

품사 다시 읽기 · 7 – 관형사

문무학

내 삶이 문장 속에 놓여져야 한다면,

앞자리에 앉아서 고개 돌려 돌아보는

관형사,

네가 되고 싶다.

너 없으면 빛 없나니,

시 이해하기

관형사는 체언 앞에 놓여서, 그 체언을 꾸며 주는 역할을 하는 단어예요.
여기서 '꾸미다'라는 말은 아름답게 장식한다는 의미라기보다는 다른 성분
의 상태, 성질, 정도 따위를 자세하게 하거나 분명하게 하는 것이지요. 관
형사처럼 모든 품사와 연계되어 있는 품사는 없어요.

관형사 찾기

- 옛 노래를 흥얼거린다.
- 둘째 주부터 시험이야.
- 여러 사람이 필요해.
- 허튼 일 하지 말고.
- 좋이 넉 장

- 사과 한 상자
- 모든 일은 마음먹기 나름이야.
- 새 신을 신고 뛰어 보자 팔짝
- 몹쓸 녀석 같으니.

품사 다시 읽기 · 8 – 부사

문무학

좋겠다 내 삶이 너쯤만 되었다면

나로 하여 나 아닌 게 뚜렷하게 떠올라

부시게

드러나도록

가진 것 다 내 주는,

시 이해하기

부사란 관형사처럼 문장의 형용사나 동사, 다른 부사를 더 자세하게 설명
해 주고 꾸며 주는 역할을 하는 품사입니다. 적당한 꾸밈이 미모를 돋보이
게 하듯, 아름다운 문장(또는 말)을 만들어 내는 데 필요한 게 부사이지요.
문무학 시인이 좋아하는 문장 성분입니다. 시인은 관형사랑 부사를 사랑
하나 봅니다. 아마 자신을 드러내지 않고 다른 단어들을 더 돋보이게 해
줘서 시인이 아끼는 모양입니다. 여러분들도 관형사와 부사어를 적절히,
제대로 사용한다면 표현이 더욱 풍요로워지겠죠.

재미로 시 속에 들어 있는 부사어를 찾아볼까요? 어렵다고요? 친구와 함
게 찾아보고 그래도 모르겠으면 국어 선생님께 달려가면 되죠.

품사 다시 읽기 · 9 – 감탄사
문무학

너는 왜, 놀람과 두려움으로만 오는가.
어디든 극점에서 신음만 뱉게 하며
가슴을
쓸어내리게 하고
시치미 뚝, 떼는가.

널 만나도 난 절대 놀라지 않으리라
다짐, 다짐하면서 이를 꼭 깨물어도
너 앞에
나는 어벙이
영락없는 꺼벙이.

시 이해하기

감탄사는 말하는 이의 놀람, 느낌, 부름이나 대답 등을 나타내는 말로, 형태가 변하지 않는 특성이 있으며, 실제 소리 내어 말하는 상황에서는 독백이나 대화에 많이 사용됩니다. 대개 감정을 나타내거나 의지를 표출하기도 하고, 입버릇이나 의미 없는 표현일 경우도 있습니다. 에끼, 후유, 에구머니, 아뿔싸, 여보세요, 음, 이봐, 천만에, 흥, 흠흠 등이 있고, 독립적으로 사용됩니다.

단어

어벙이: 성질이 여무지지 못하고 멍청한 사람으로 해석 가능. 아마도 '어벙하다'에서 생긴 말인 듯하나 표준어는 아니다.

꺼벙이: 성격이 야무지지 못하고 조금 모자란 듯한 사람을 낮잡아 이르는 말

별처럼 꽃처럼

오세영

교실은 온통 별밭이다.
초롱초롱 반짝이는 너희들의 눈
별 하나의 꿈,
별 하나의 희망,
별 하나의 이상.

교실은 흐드러진 장미밭이다.
까르르 웃는 너희들의 웃음
장미 한 송이의 사랑,
장미 한 송이의 열정,
장미 한 송이의 순결.

교실은 향긋한 사과밭이다.
수줍게 피어나는 너희들의 볼
사과 한 알의 보람,
사과 한 알의 결실,
사과 한 알의 믿음.

교실은 찬란한 보석밭이다.
너희들의 빛나는 이마
이름을 부르면 하나씩 깨어나는
사파이어,
에메랄드,
다이아몬드.

아 너희들은 영원히 빛나는
별밭이다.
꽃밭이다.

시 이해하기

오세영(1942~) 시인이 말하는 별과 꽃은 누구일까요? 이 시는《꽃들은 별을 우러르며 산다》에 수록되어 있습니다. 어느 중학교의 개교 축시이기도 합니다. '어느 여자 중학교의 개교를 축하하며'라는 표현이 붙어 있거든요. 여러분도 별처럼, 꽃처럼 스스로 빛나고 아름다운 사람들로 성장하길 바랍니다.

1년 동안 여러분들과 함께한 보석같이 빛나던 반 친구들을 기억해 봅시다.

말의 힘
황인숙

기분 좋은 말을 생각해보자.

파랗다. 하얗다. 깨끗하다. 싱그럽다.

신선하다. 짜릿하다. 후련하다.

기분 좋은 말을 소리내보자.

시원하다. 달콤하다. 아늑하다. 아이스크림.

얼음. 바람. 아아아. 사랑하는. 소중한. 달린다.

비!

머릿속에 가득 기분 좋은

느낌표를 밟아보자.

느낌표들을 밟아보자. 만져보자. 핥아보자.

깨물어보자. 맞아보자. 터뜨려보자!

시 이해하기

황인숙(1958~) 시인은 가볍고 재기발랄한 상상력을 가진 시인입니다. 용수철처럼 튀어 오르는 가볍고 발랄한 언어들로 표현하죠. 특히 세계를 마음껏 유영하는 자유로운 영혼을 그려 낸다는 평에 어울리는 시가 〈말의 힘〉이라는 시가 아닌가 합니다. 자신의 마음에 느낌표를 불러일으키는 기분 좋은 말을 적어 봅시다. 기왕이면 나를 기분 좋게 만들어 주는 펜과 색들을 사용하면 더 즐겁게 쓸 수 있을 거예요.

딱지

이준관

나는 어릴 때부터 그랬다.
칠칠치 못한 나는 걸핏하면 넘어져
무릎에 딱지를 달고 다녔다.
그 흉물 같은 딱지가 보기 싫어
손톱으로 득득 긁어 떼어 내려고 하면
아버지는 그때마다 말씀하셨다.
딱지를 떼어 내지 말아라 그래야 낫는다.
아버지 말씀대로 그대로 놓아두면
까만 고약 같은 딱지가 떨어지고
딱정벌레 날개처럼 하얀 새살이
돋아나 있었다.
지금도 칠칠치 못한 나는
사람에 걸려 넘어지고 부딪히며
마음에 딱지를 달고 다닌다.
그때마다 그 딱지에 아버지 말씀이
얹혀진다.
딱지를 떼지 말아라 딱지가 새살을 키운다.

시 이해하기

중학교 1학년 시 선집에 상처와 관련된 시들이 여럿 있네요. 기억나나요? 상처가 필요한 나이가 되어서일까요? 아니면 서로가 상처를 주기 쉬운 나이가 되어서일까요? 딱지를 없애려 떼어 내지 마라는 아버지의 말씀에 모든 게 담겨 있는 듯합니다.

하지만 여러분 나이에는 딱지를 떼고 싶지요. 누구나 그랬던 것처럼요. 아마 딱지를 떼거나 감추는 것도 결국에는 새살을 빨리 보여 주고 싶기 때문이겠지요. 그런데 살이 돋아나려면 시간이 필요한 법입니다. 내 마음의 딱지를 볼 줄 알고, 남의 마음을 덜 넘어트리는 사람이 되는 것 또한 새살이 돋는 것처럼 시간이 필요한 일이겠지요.

어느날

김용택

나는
어느날이라는 말이 좋다.

어느날 나는 태어났고
어느날 당신도 만났으니까.

그리고
오늘도 어느날이니까.

나의 시는
어느날의 일이고
어느날에 썼다.

시 이해하기

김용택 시인은 고향 섬진강에서 초등학교 교사를 하며 많은 시를 썼습니다. 소박한 시적 언어와 진실한 울림을 담은 시를 주로 씁니다. 시인은 초등학교 2학년을 26년간이나 가르쳤다고 하죠. 시인이 아이들에 대해 이런 말을 했어요.

"세상의 모든 것들을 자기 것으로 만들 줄 아는 그런 삶의 기본적인 자세가 되어 있지요. 그들은 늘 세상이 신비하고 새롭죠. 재미있고 신나고 활기차고, 늘 의구심에 가득 차 있고, 기대에 가득 차 있고…… 그런 것들이 늘 내 삶에 활력을 주었죠."

시인은 여전히 아이들의 마음으로 세상을 보는 모양입니다.

모든 날은 다 어느 날이죠. 오늘은 여러분에게 '어느 날'이었나요?

밭 한 뙈기

권정생

사람들은 참 아무것도 모른다
밭 한 뙈기
논 한 뙈기
그걸 모두
'내' 거라고 말한다.

이 세상
온 우주 모든 것이
한 사람의
'내' 것은 없다.

하느님도
'내' 거라고 하지 않으신다.
이 세상
모든 것은
모두의 것이다.

아기 종달새의 것도 되고

140

아기 까마귀의 것도 되고
다람쥐의 것도 되고
한 마리 메뚜기의 것도 되고

밭 한 떼기
돌멩이 하나라도
그건 '내' 것이 아니다.
온 세상 모두의 것이다.

시 이해하기

모든 생명은 서로 연관되어 있다는 것이 평소 권정생(1937~2007) 시인의 지론이고 바탕 사상이었습니다. 이 시는 여러분들이 초등학교 시절에 읽어 봤을 《강아지똥》을 쓴 권정생 시인이 쓴 것입니다. 2007년 시인이 작고했을 때 동네 사람은 이렇게 말했다지요.

"우리는 한동네에 있어도 그 사람이 그리도 유명한지 몰랐는데…… 돈도 많이 벌었다고요? 참 가난했어요. 평생을 옷 한 벌로 지냈는데……."

권정생 시인은 안동시 일직면 조탑리 일직 교회 헛간에 세 들어 살면서 교회 종지기 생활을 하였고, 동화를 쓰기 시작하였습니다. 평생 가난하고 소박하게 살다 간 시인이기도 했어요.

권정생 시인이야말로 오랜 세월 말과 행동이 일치하는 삶을 산, 몇 안 되는 사람이 아닐까 합니다. 시인의 시에는 진심으로 시인이 생각하고 실천했던 생각들이 고스란히 담겨 있습니다. 〈밭 한 뙈기〉라는 시에도 대부분의 사람들이 잃어버린, 아니 일부러 외면하는 자연과 땅에 관한 바른 생각을 표현하고 있습니다.

시를 읽다 마음에 드는 구절이 있었나요? 눈에 띄었던 표현에 줄을 한번 그어 봅시다. 시인의 마음을 느끼며…….

단어

뙈기: 일정하게 경계를 지은 논밭의 구획을 세는 단위

작품 출처 & 수록 교과서 목록

작품명	작품 출처	수록 교과서
봄볕	《강물이고자 별을 따서 반짝반짝 씻는》, 답게 2002	
봄은 고양이로다	《봄은 고양이로다》, 아인북스 2017	동아출판 1-1 비상교육 1-1
유년의 날	《요 엄창 큰 비바리야 냉바리야》, 서정시학 2007	미래엔 1-1
포근한 봄	《나무 속의 자동차》, 문학과지성사 2009	천재교육(노) 1-1 지학사 1-1
봄	《세상에 하나뿐인 디카 시》, 북투데이 2016	미래엔 1-1
나무들의 목욕	《씨앗 마중》, 21문학과 문화 2005	천재교육(박) 1-1
묏버들 가려 꺾어	《한국 고전 시가선》, 창비 1997	지학사 1-1
제주 좀녀	《요 엄창 큰 비바리야 냉바리야》, 서정시학 2007	미래엔 1-1
새로운 길	《정본 윤동주 전집》, 문학과 지성사 2004	천재교육(노) 1-1 창비 1-1
제비꽃에 대하여	《그리운 여우》, 창비 1997	
바람이 들렀던 집	《요 엄창 큰 비바리야 냉바리야》, 서정시학 2007	미래엔 1-1
매미네 마을	《씨앗 마중》, 21문학과 문화, 2005	
수박끼리	《솔직히 나는 흔들리고 있다》, 나라말 2015	금성출판사 1-1 지학사 1-2

이 바쁜 때 웬 설사	《강 같은 세월》, 창비 1999	교학사 1-1
고래를 위하여	《외로우니까 사람이다》, 열림원 1998	미래엔 1-1
풀잎에도 상처가 있다	《풀잎에도 상처가 있다》, 열림원 2002	비상교육 1-2
햇비	《정본 윤동주 전집》, 문학과지성사 2004	미래엔 1-1
빗방울	《움직이는 동시》, 보육사 1997	천재교육(노) 1-1
여우비	《박목월 동시 선집》, 지식을만드는지식 2015	미래엔 1-1
비	《새는 하늘을 자유롭게 풀어놓고》, 문학과지성사 1998	
비	《나의 침울한, 소중한 이여》, 문학과지성사 1998	
비오는 날	《할아버지 요강》, 보리 1995	
오우가	《고시조 산책(고산유고)》, 국학자료원 1996	동아출판 1-1 천재교육(박) 1-1 비상교육 1-1
신문지 밥상	《착하게 낡은 것의 영혼》, 시학 2006	금성출판사 1-1
서시	《정본 윤동주 전집》, 문학과지성사 2004	미래엔 1-1 지학사 1-2
가을볕	《정진아 동시 선집》, 지식을만드는지식 2015	금성출판사 1-2
오—매 단풍 들것네	《김영랑 시집》, 범우 2015	천재교육(노) 1-2 미래엔 1-1
북	《말놀이 동시집 4》, 비룡소 2008	금성출판사 1-1

대추 한 알	《붉디 붉은 호랑이》, 애지 2005	
우리가 눈발이라면	《그대에게 가고 싶다》, 푸른숲 1991	동아출판 1-1 비상교육 1-1
동행	《그 쇳물 쓰지 마라》, 수오서재 2016	미래엔 1-1
까마귀 싸우는 골에	《한국 고전 문학 전집 1》, 고려대민족문 화연구소 1993	금성출판사 1-1
까마귀 검다 하고	《한국 고전 문학 전집 1》, 고려대민족문 화연구소 1993	금성출판사 1-1 교학사 1-1
유성	《적멸의 불빛》, 문학사상사 2001	비상교육 1-1
떨어져도 튀는 공처럼	《나는 별 아저씨》, 문학과지성사 1978	금성출판사 1-1
동해 바다 – 후포에서	《길》, 창작과비평사 1991	천재교육(박) 1-2
너에게 묻는다	《외롭고 높고 쓸쓸한》, 문학동네 2004	천재교육(박) 1-1
그 한 마디 말	《전봇대》, 한국문연 2011	교학사 1-1
눈 오는 지도	《정본 윤동주 전집》, 문학과지성사 2004	
품사 다시 읽기1 – 명사		금성출판사 1-2
품사 다시 읽기2 – 대명사		
품사 다시 읽기3 – 수사	《낱말》, 동학사 2009	
품사 다시 읽기4 – 조사		
품사 다시 읽기5 – 동사		
품사 다시 읽기6 – 형용사		

품사 다시 읽기7 – 관형사	《낱말》, 동학사 2009	금성출판사 1–2
품사 다시 읽기8 – 부사		금성출판사 1–2
품사 다시 읽기9 – 감탄사		금성출판사 1–2
별처럼 꽃처럼	《꽃들은 별을 우러르며 산다》, 시와시학사 1992	교학사 1–1 천재교육(노) 1–1
말의 힘	《나의 침울한, 소중한 이여》, 문학과지성사 1998	
딱지	《천국의 계단》, 서정시학 2014	천재교육(노) 1–2
어느날	《울고 들어온 너에게》, 창비 2016	
밭 한 뙈기	《어머니 사시는 그 나라에는》, 지식산업사 1988(2000)	
처음처럼	《처음처럼》, 돌베개 2016	
흔들리며 피는 꽃	《흔들리며 피는 꽃》, 문학동네 2012	
눈	《정본 윤동주 전집》, 문학과지성사 2004	
말	《말놀이 동시집 2》, 비룡소 2006	

*천재교육(노): 노미숙 천재교육(박): 박영목

스푼북 청소년 문학

국어 교과서 여행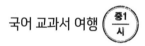

초판 1쇄 발행 2018년 11월 6일
초판 3쇄 발행 2020년 11월 2일

신보경 엮음

ⓒ 신보경 2018
ISBN 979-11-88283-54-5 43810

발행처 주식회사 스푼북 ｜ 발행인 박상희 ｜ 출판신고 2016년 11월 15일 제2017-000267호
제조국 대한민국 ｜ 주소 (03993) 서울시 마포구 월드컵북로 6길 88-7 ky21빌딩 2층
전화 02-6357-0050(편집) 02-6357-0051(마케팅)
팩스 02-6357-0052 ｜ 전자우편 book@spoonbook.co.kr